Ted van Lieshout

Lisa und die Limonadenmutter

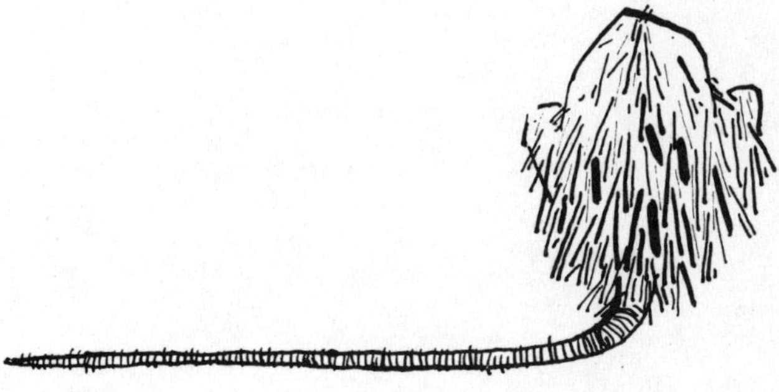

Für meine Mutter

Ted van Lieshout

Lisa und die Limonadenmutter

Aus dem Niederländischen von
Verena Kiefer

tabu verlag

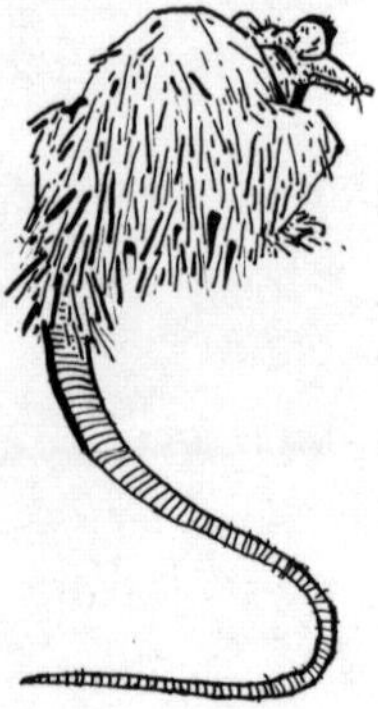

eins

So ein Unglück! Bislang war niemandem aufgefallen, daß Lisa gegen Badewasser allergisch war. Sie war ein so sauberes Kind, daß sie niemals gewaschen werden mußte. Nie bekleckerte sie ihre Kleidung, und ihr Zimmer war immer tadellos aufgeräumt. Das kam daher, daß sie einfach ihren ganzen Kram unter ihr Bett schob.
Aber eines Tages zwang ihre Mutter sie, das Gerümpel unter ihrem Bett aufzuräumen. Und davon wurde sie sehr staubig. Zum ersten Mal in ihrem Leben mußte sie in die Badewanne.
Mutter setzte Lisa ins herrlich warme Wasser und ging in die Küche, um sich dort ein Glas

Limonade zu holen, denn sie war durstig geworden.
Als sie zurückkam und ins Badezimmer guckte, erschrak sie. Das Wasser war weg, und das gelbe Plastikentchen lag einsam und verlassen auf dem Trockenen. Sie konnte gerade noch zwei kleine Füße durch den Abfluß verschwinden sehen.
„Lisa!" rief Mutter, während sie sich weit über den Badewannenrand beugte und suchend in den Abfluß spähte. „Schatz, was ist denn passiert?"
Einen Moment lang blieb es ruhig. Dann hörte sie ein leises, hohles Stimmchen.
„Mama? Ich sitze hier auf einem kleinen Vorsprung im Abfluß."
„Wie ist das möglich?" fragte Mutter und krabbelte in die Badewanne, um richtig in den Abfluß gucken zu können.
„Na ja", antwortete Lisa, „ich saß ganz normal in der Wanne, und plötzlich begann ich zu schrumpfen, aber das Wasser ist nicht mitgeschrumpft. Also habe ich ganz schnell den Stöpsel rausgezogen und das Wasser ablaufen lassen. Sonst wäre ich ertrunken."
„Dann bist du allergisch gegen Badewasser", rief Mutter aus.
„Das muß es wohl sein", hallte es aus dem Abfluß. „Du, was ist das eigentlich, allergisch?"

„Das ist zum Beispiel, wenn du niesen mußt, weil es sehr staubig ist oder weil ein Hund in der Nähe ist. Dann verträgst du das nicht. Na ja, und du verträgst eben kein Badewasser", erklärte Mutter.

„Aber ich muß überhaupt nicht niesen", sagte Lisa, „ich schrumpfe!"

„Ja, das ist noch viel schlimmer. Ach Kind, kannst du nicht nach oben klettern?" fragte Mutter.

„Nein", sagte Lisa, „die Wand ist viel zu glatt und glitschig."

Mutter jammerte: „O Schätzchen, wie schrecklich, daß du da nun ganz alleine in dem Loch sitzt!"

Und dann begann sie zu weinen.

„Nicht, Mama!" kreischte Lisa. „Ich ertrinke gleich. Deine Tränen strömen durch den Abfluß."

„Oh, Entschuldigung." Mutter schneuzte sich und trocknete schnell ihre Tränen mit der Spitze ihres Kragens.

„Ich werde die Polizei anrufen. Die müssen dich da rausholen."

Sie krabbelte aus der Wanne.

„Es gibt auch eine gute Nachricht", klang das Stimmchen von tief unten aus dem Abfluß.

„Ja?" fragte Mutter voller Hoffnung.

„Nun, weißt du noch, wie sehr du nach dem Verschluß von der Zahnpastatube gesucht hast? Ich habe ihn gefunden!“
„Und was nutzt mir das jetzt?“ gab Mutter bissig zurück.
„Ich will *dich* aus dem Abfluß raus haben.“
Dann sauste sie die Treppe hinunter und rief die Polizei an.

zwei

Zehn Minuten später kamen zwei Herren mit Mützen auf dem Kopf hinter Mutter ins Badezimmer.
„Schauen Sie“, sagte Mutter, „mein Kind sitzt hier im Abfluß. Sie heißt Lisa.“ Sie beugte sich über den Rand der Wanne und rief nach unten: „Lisa, hier sind zwei nette Polizisten. Sag schön guten Tag.“
„Guten Tag“, klang es ausgesprochen höflich aus dem Abfluß.
Die Polizisten tippten an ihre Mütze.
„Ja, ja, so, so, da sitzt also ein Kind im Abfluß?“
„So ist es“, antwortete Mutter, „und sie sitzt da mutterseelenallein.“
„Nein“, sagte der eine Polizist, „das kann gar nicht sein, da liegt ja noch das Entchen.“
Er zeigte auf das gelbe Tier auf dem Wannenboden.
„Das meine ich nicht“, bemerkte Mutter etwas spitz. „Ich meine, sie sitzt ganz allein in dem dunklen Loch da unten.“
„Aha“, sagte der andere Polizist, und dann schüttelten sie beide traurig den Kopf.

Mutter schaute sie verwundert an. „Ist was?“ fragte sie.
„Tja“, sagte der eine, „leider können wir nichts für Sie tun. Sie müssen zum Klempner gehen. Der ist auf Abflußrohre und solche Sachen spezialisiert.“
„Genauso ist es“, sagte der andere, „Sie müssen den Klempner anrufen.“
Die beiden Polizisten grüßten, drehten sich um und liefen die Treppe hinunter. Mutter war so verblüfft, daß sie vergaß, die beiden nach unten zu begleiten. Aber die Polizisten fanden die Tür auch allein. Sie hörte, wie sie zufiel.
„Lisa“, rief sie.
„Ja, Mama?“
„Ich muß den Klempner anrufen.“
Dann ging auch sie die Treppe hinunter zum Telefon und wählte die Nummer des Klempners.

drei

„Hallo, hier spricht der Klempner.“
„Oh, guten Tag, Herr Klempner, Sie sprechen mit der Mutter von Lisa. Hören Sie! Mein Kind, also Lisa, saß in der Badewanne. Aber sie ist allergisch gegen Badewasser, und da ist sie geschrumpft und einfach so durch den Abfluß gespült worden. Nun möchte ich gerne, daß Sie kommen, um sie da wieder rauszuholen.“
„Ich verstehe das Problem“, sagte der Klempner, „aber im Moment bin ich ganz besonders beschäftigt. Sie müssen also einen Termin vereinbaren.“
„Aber ich brauche Sie jetzt“, jammerte Mutter. „Ich kann das Kind doch nicht im Abfluß hocken lassen, bis Sie mit irgendeiner blöden Dachrinne fertig sind!“
„Ich habe auch bloß zwei Hände, gute Frau. Beim Notar ist eine Überschwemmung gewesen.

Das ist schon eine ganze Weile her. Und der Notar hat vor zwei Wochen einen Termin ausgemacht, wie sich das gehört. Jeder muß eben warten, bis er an der Reihe ist. Und Sie sind da keine Ausnahme. Soll ich Sie eintragen für Montag in zwei Wochen?"

„Nein!" rief Mutter böse. „Ich lasse doch Lisa nicht vierzehn Tage in dem Loch da sitzen. Übrigens, solange sie da drin sitzt, können mein Mann und ich nicht in die Wanne. Und mein Mann und ich haben die Eigenschaft, sehr schmutzig zu werden, wir müssen also ziemlich oft in die Wanne."

„Ich kann nichts daran ändern, tut mir leid", sagte der Klempner. „Ich muß jetzt augenblicklich beim Metzger die Dichtung am Wasserhahn erneuern, denn der leckt, und alle Schinken und Würste werden aus der Metzgerei geschwemmt. Sie sehen, ich habe alle Hände voll zu tun. Übrigens – sagten Sie nicht, daß Ihre Tochter allergisch ist?"

„Das stimmt", sagte Mutter. „Dadurch ist sie geschrumpft."

„Ja, sehen Sie, da sind Sie bei mir sowieso an der falschen Adresse, denn wegen einer Allergie müssen Sie doch zum Arzt. Wenn ich Sie wäre, täte ich das jedenfalls. In der Zwischenzeit könnten Sie auch noch probieren, das Kind mit so einem

Gummiflopper aus dem Loch zu holen. Guten Tag noch." Er legte auf.
Mutter suchte eilig nach der Telefonnummer des Arztes und rief ihn an. Er sagte, er komme sofort. Dann holte Mutter den Gummiflopper aus der Küche und ging damit ins Badezimmer.
„Der Doktor kommt sofort", rief Mutter. Sie trank hastig etwas Limonade, denn ihr Hals war vom vielen Sprechen ganz trocken geworden.
„Ich dachte, du würdest den Klempner anrufen", sagte Lisa.
„Der kann erst in zwei Wochen kommen, aber ich habe den Flopper mitgebracht. Ich probiere jetzt, dich aus dem Abfluß zu saugen."
Sie setzte den Gummihut des Floppers auf das runde Loch und bewegte den Stiel schnell rauf und runter. Flopp, flopp, flopp, klang es. Mutter schaute nach, ob Lisa wohl schon rausgefloppt war.
Leider, keine Lisa – aber immerhin der Verschluß der Zahnpastatube.

vier

Der Doktor kam mit einer großen schwarzen Tasche voller Verbandspäckchen ins Badezimmer. „Wo ist der Patient?“ fragte er. „Nicht im Schlafzimmer?“

„Nein, da drin“, antwortete Mutter und deutete auf den Abfluß.

„Wo?“ fragte der Arzt erstaunt. „Im Abfluß?“

„Ja, sicher“, sagte Mutter. „Lisa ist allergisch gegen Badewasser.“

„Das gibt es nicht“, rief der Doktor. „Während meiner gesamten Laufbahn ist mir noch nie ein Fall von Badewasserallergie begegnet.“

„Es ist aber so“, sagte Mutter mit Nachdruck, „fragen Sie Lisa doch selbst.“
Der Doktor spähte in den Abfluß.
„Bist du allergisch gegen Badewasser, Kind?“
„Ja, Doktor“, antwortete Lisa. „Ich bin total geschrumpft und sitze jetzt hier auf einem Vorsprung im Abflußrohr.“
„Würdest du dann bitte rauskommen und dich ins Bett legen, denn Kranke, die untersucht werden müssen, gehören ins Bett“, befahl der Doktor.
„Ich kann nicht rauskommen“, klagte Lisa, „es ist alles viel zu glitschig. Ich rutsche gleich wieder nach unten. Und ich fühle mich überhaupt nicht krank, nur schrecklich klein und kalt, denn ich sitze hier ganz nackig.“
Der Doktor schaute die Mutter über den Rand seiner Brille hinweg streng an.
Er sagte: „Sie müssen das Kind sofort aus dem Abfluß holen, sonst hat sie bald eine Lungenentzündung!“
„Ja“, sagte Mutter, „das würde ich gerne, aber ich kann es nicht. Wissen Sie, wie ich Lisa aus dem Loch rausbekomme?“
„Nein“, antwortete der Doktor kurz angebunden. „Ich weiß bloß, wie man kranken Menschen hilft. Als ob das nicht genug wäre. Ich bin sehr gelehrt, gnädige Frau.“

„Daran zweifle ich nicht“, sagte Mutter, „aber mein Kind muß da aus dem Abfluß raus!“
„Dann müssen Sie den Klempner anrufen“, meinte der Doktor.
„Das habe ich bereits, Doktor.“
„Haben Sie es auch schon mit dem Gummiflopper probiert?“
„Natürlich“, antwortete Mutter.
„Dann weiß ich leider auch nicht weiter“, sagte der Doktor mit einem Seufzer. „Und jetzt muß ich sofort zum Pfarrer. Der hat sich seinen zweitgrößten Zeh gestoßen, und ich muß einen komplizierten Verband anlegen. Wenn Sie das Kind aus dem Rohr befreit haben, dürfen Sie gerne wieder anrufen. Aber dann müssen Sie sie auf jeden Fall ins Bett stecken, denn sonst kann ich sie nicht untersuchen. Das ist nun einmal so. Einen schönen Tag noch!“
Dann eilte der Doktor zu seinem nächsten Patienten.
„Wie geht es nun bloß mit dir weiter?“ seufzte Mutter und schaute traurig in das Loch.
„Ich weiß auch nicht, Mama.“

„Dann werde ich jetzt mal deinen Vater anrufen“, sagte Mutter. „Vielleicht hat der eine Idee.“

fünf

„Schatz, bist du es?“ fragte Mutter am Telefon.
„Ja“, klang es von der anderen Seite zurück.
„Mit wem spreche ich eigentlich?“
„Mit mir, deiner Frau.“
„Ach so, du sollst mich doch nicht auf der Arbeit anrufen“, brummte Vater. „Ich sitze gerade in einer wichtigen Besprechung.“
„Du mußt sofort nach Hause kommen“, verlangte Mutter.
„Warum?“ fragte Vater.
„Weil Lisa im Abflußrohr sitzt. Sie ist geschrumpft, als ich sie ins Badewasser steckte.“
„Ja, Schatz“, sagte Vater mit einem gelangweilten Seufzer. „Dann mußt du eben die Polizei anrufen.“
„Das habe ich bereits getan“, fuhr Mutter ihn an, „und auch den Klempner und den Doktor, aber keiner kann helfen.“
„Nun, dann weiß ich auch keinen Rat“, sagte Vater. „Ich komme um fünf Uhr nach Hause. Dann überlegen wir uns was, in Ordnung?“
„Aber Lisa friert, und es ist ekelhaft dunkel in dem Loch“, sagte Mutter.

„Dann häng eben eine Lampe drüber, und gib ihr eine Jacke."
„Stell dich doch nicht so dumm! Du bist mir eine schöne Hilfe! Sie ist doch jetzt viel zu klein für ihre Jacke."
Mutter warf den Hörer auf die Gabel und lief nach oben.
„Dein Vater kann erst um fünf kommen", rief sie. „Ich nehme an, er hat mir nicht geglaubt."
Mutter setzte sich auf den Badewannenrand, schlürfte ihre Limonade und schüttelte den Kopf.
„Ich weiß wirklich nicht, was wir noch machen sollen."

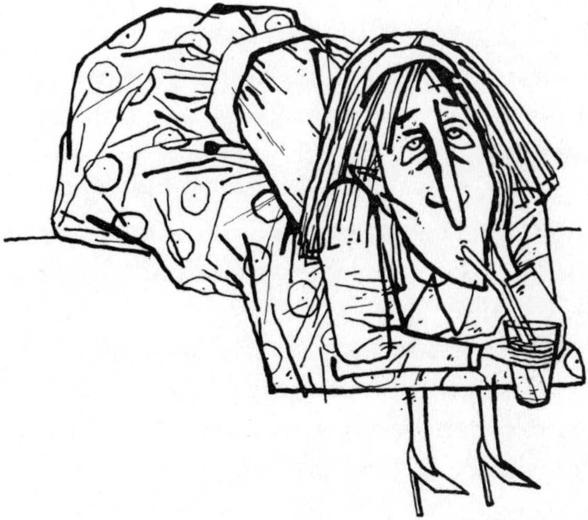

„Kannst du keine Schnur runterhängen lassen?" klang Lisas Stimme aus dem Abfluß. „Dann klettere ich an ihr hoch."
„Aber natürlich!" rief Mutter aus und strahlte. „Das ist die Lösung. Was bist du doch für ein pfiffiges Kind. Das hast du jedenfalls nicht von deinem Vater, soviel ist sicher."
Sie stellte ihr Glas ab und rannte nach unten. Hastig durchwühlte sie den Werkzeugkasten und den Nähkorb, die Küchenschubladen und den Schrank, aber nirgends gab es ein Stück Schnur.
„Wie kommt's?" brummelte Mutter. „Ich weiß genau, daß ich heute morgen noch ein Stück Schnur in der Hand hatte. Wo habe ich das bloß wieder hingelegt?"
Dann suchte sie nochmals in der Werkzeugkiste, denn da gehörte die Schnur eigentlich hin. Umsonst. Dann müssen wir eben Wolle nehmen, beschloß sie. Sie nahm einen Strang Wolle aus dem Handarbeitskorb und flitzte damit nach oben. Vorsichtig ließ sie das Fadenende in den Abfluß hinab.
„Siehst du schon was, Schatz?" fragte sie.
„Ja, da kommt es", antwortete Lisa.
Mutter konnte fühlen, daß an dem Fädchen gezogen wurde.
„Zieh!"

Hastig zog Mutter an der Wolle. Aber weil das Fädchen naß geworden war, riß es mittendurch, und Lisa purzelte noch tiefer ins Rohr.
Verdutzt und erschrocken starrte Mutter auf das abgerissene Stück Wolle. „Lisa, Lisa“, rief sie ängstlich. „Bist du noch da?“
Aber es kam keine Antwort. Sie krabbelte in die Wanne, rief noch einmal und legte anschließend ihr Ohr auf das Loch. Nichts. Kein Ton. War Lisa ertrunken? Mutter begann wieder zu heulen, denn sie gab sich ganz allein die Schuld daran.

sechs

Mutter beschloß, auf die Suche nach ihrem Kind zu gehen, denn sie konnte einfach nicht glauben, daß Lisa wirklich ertrunken sein sollte. Aber wie konnte sie ihrer Tochter folgen? Sie war doch viel zu groß für den Abfluß. Sie mußte also herausfinden, gegen was sie allergisch war. Dann würde auch sie schrumpfen und könnte Lisa durch das Abflußrohr folgen.

Aber verflixt, wie findet man heraus, was man nicht verträgt?

Immer, wenn Mutter Schokolade aß oder Tomaten, bekam sie kleine Pickel im Gesicht und ein Jucken im Nacken, aber sie schrumpfte davon nicht ein bißchen.

Sie brauchte sich auch gar nicht erst so wie Lisa ins warme Badewasser zu setzen, denn das hatte sie schon ungefähr tausendmal getan, und nie war sie davon auch nur ein Fitzelchen kleiner geworden.

Sie mußte also Dinge tun, die sie noch nie zuvor getan hatte. Vielleicht kam sie so dahinter, was sie ganz und gar nicht vertrug und wodurch sie schrumpfen würde.

Mutter krabbelte wieder aus der Badewanne und setzte sich auf den Rand. Sie dachte nach und schlürfte den letzten Rest aus ihrem Glas.
Es gab so vieles, was sie noch niemals getan hatte. Sie war zum Beispiel noch nie in einem Flugzeug geflogen, und sie hatte noch nie verkehrt herum auf einem Fahrrad gesessen. Sie hatte auch noch nie ein Huhn geküßt, und, um mal etwas ganz Verrücktes aufzuzählen, sie hatte sich auch noch niemals den Gummiflopper auf den Kopf gesetzt. Der jedenfalls war in greifbarer Nähe, und sie probierte es gleich aus. Man weiß ja nie!
Sie wartete einen Augenblick mit ihrem merkwürdigen Gummihütchen auf dem Kopf, aber es passierte nichts. Danach biß sie in den Schnabel der gelben Plastikente, streckte dem Waschlappen die Zunge heraus, drückte sich ein Stück Seife in die Nase, ließ absichtlich den Verschluß der Zahnpastatube in den Abfluß des Waschbeckens fallen und rief Schimpfworte in den Brausenkopf. Fehlanzeige. Sie war und blieb groß.
Verzweifelt dachte Mutter: Dann werde ich eben den Doktor noch einmal anrufen. Vielleicht weiß er, wie man schrumpft. Er hat ja selbst gesagt, daß Ärzte sehr gelehrt sind.
Mutter hastete nach unten. Erst ging sie aber in die Küche, um noch ein bißchen Limonade zu

trinken, denn all diese Schrumpfversuche machten sie sehr durstig. Dann rief sie den Arzt an.

sieben

„Tag, Doktor“, sagte sie, sobald der Doktor abgehoben hatte. „Sie sprechen mit der Mutter von Lisa.“

„Ach, Sie schon wieder?“ erklang die Stimme des Doktors. „Ist Ihr Kind schon aus dem Abfluß raus und liegt im Bett?“

„Nein, leider nicht, Doktor. Sie ist noch tiefer in den Abfluß gerutscht und gibt keine Antwort mehr.“

„Dann ist sie ertrunken, fürchte ich“, sagte der Doktor.

„Das kann ich nicht glauben. Im übrigen kann sie sehr gut schwimmen.“

„Ich kann wirklich nichts mehr für Sie tun, gnädige Frau.“

„Doch, bestimmt“, meinte Mutter. „Ich will Lisa suchen, und Sie müssen mir jetzt erklären, wie man schrumpft, denn ich passe nicht durch den Abfluß.“

„Aus medizinischer Sicht gibt es dafür keine Lösung“, belehrte sie der Arzt. „Wir versuchen wohl ab und zu, kleine Menschen etwas größer zu machen, aber selbst das gelingt uns nicht

immer. Aber kleiner machen, das ist nicht möglich. Ja, alte Menschen, die schrumpfen von Natur aus ein bißchen, und ich könnte auch zum Beispiel Ihre Füße absägen, aber das ist sicher nicht in Ihrem Sinne. Ansonsten weiß ich nur, daß die Wäsche kleiner wird, wenn man sie ganz heiß wäscht."

„Aber Doktor", protestierte Mutter, „ich kann mich doch nicht in die Waschmaschine stopfen!"

„Ich sehe keine andere Lösung", sagte der Doktor. Dann legte er auf, denn er war gerade dabei, seine Pillen schön bunt anzumalen.

Soll ich mich wirklich in die Waschmaschine stopfen? fragte sich Mutter. Passe ich da überhaupt rein? So groß ist die Trommel ja nun auch nicht.

Sie probierte es aus, aber die Waschmaschinentrommel war viel zu klein für eine ganze Mutter. Sie beschloß daher, zur Reinigung zu gehen, denn da gibt es sehr große Waschmaschinen. Mutter machte sich sofort auf den Weg.
Zum Glück war die Reinigung in der Nähe.

acht

„Wo ist Ihre Schmutzwäsche?“ fragte der Herr von der Reinigung, als Mutter hereinkam.
„Guten Tag“, grüßte Mutter höflich, „ich selbst muß gewaschen und gereinigt werden.“
Der Herr fragte: „Auch gebügelt?“
Mutter war verblüfft. Daran hatte sie nicht gedacht. „Meinen Sie, ich werde zerknittert rauskommen?“ fragte sie besorgt.
„Das weiß ich nicht“, sagte der Herr von der Reinigung, während er eine Hose faltete. „Ich habe noch nie jemanden in meinen Maschinen gewaschen und gereinigt. Es ist das erste Mal, und das Risiko liegt ganz bei Ihnen, das muß klar sein. Ich übernehme keine Garantie dafür, daß Sie da anständig wieder rauskommen. Sauber allerdings schon. Aber dieses Fleckchen kriege ich bestimmt nicht raus.“ Er wies auf eine Sommersprosse auf ihrem Rücken.
„Oh“, sagte Mutter, „die darf da ruhig bleiben.“
„Aber weshalb nehmen Sie nicht einfach ein Bad oder eine Dusche, so wie das normale Leute tun, die ein bißchen schmutzig sind?“ fragte der Herr.

„Ja, sehen Sie, ich tue das für Lisa“, sagte Mutter. „Meine kleine Tochter ist geschrumpft und durch den Abfluß gespült worden. Und jetzt will ich ihr hinterher.“

„Aha“, sagte der Herr, „wenn ich das richtig verstehe, wollen Sie auch schrumpfen.“

„Ganz genau“, antwortete Mutter.

„Aber dann muß ich Sie extraheiß waschen, und das tut ganz schön weh.“

„Es muß sein – für Lisa“, sagte Mutter tapfer.

„Und Sie müssen ganz lange die Luft anhalten“, warnte der Herr von der Reinigung.

Mutter nickte. Sie glaubte, daß sie das schon schaffen würde. Also hielt ihr der Herr die Maschinentür auf und ließ Mutter in die große Trommel steigen.

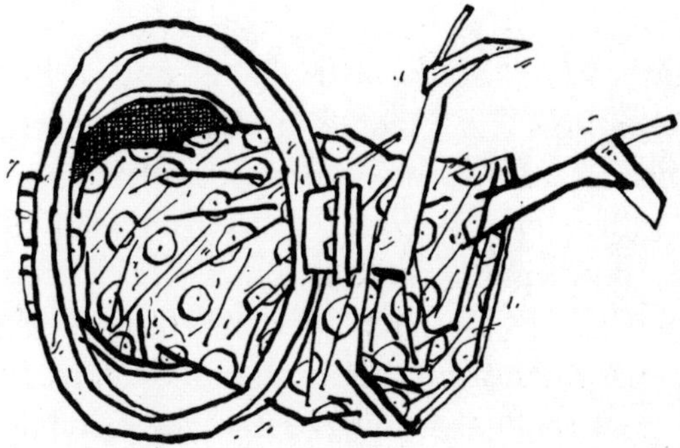

„Geben Sie ruhig viel Waschpulver dazu", sagte sie. Ihre Stimme klang hohl.
„Sind Sie weiß oder bunt? Ich meine, wegen des Waschmittels", wollte der Besitzer der Reinigung wissen.
„Bunt natürlich! Ich möchte gern alle meine Farben behalten." Sie holte tief Luft.

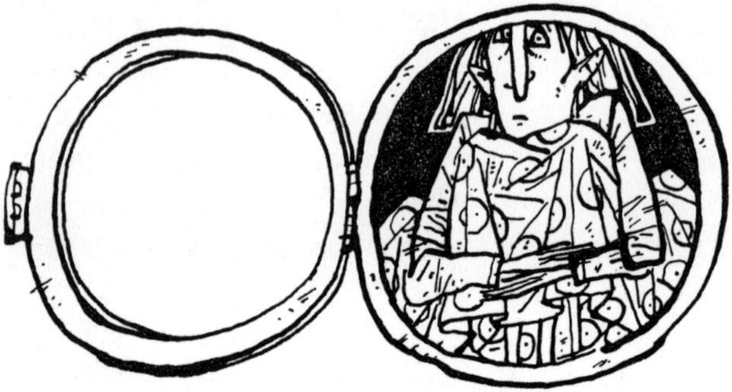

Der Herr schloß die Tür und schaltete die Maschine an. Der Waschgang dauerte lange, und Mutter wurde ganz seekrank von der sich drehenden Trommel. Außerdem drang ihr der Schaum in Ohren und Nase. Das Wasser war so heiß, daß sich jeder normale Mensch schrecklich verbrüht hätte, aber weil sie die tapfere Mutter von Lisa war, wurde sie nicht bei lebendigem Leib gekocht.

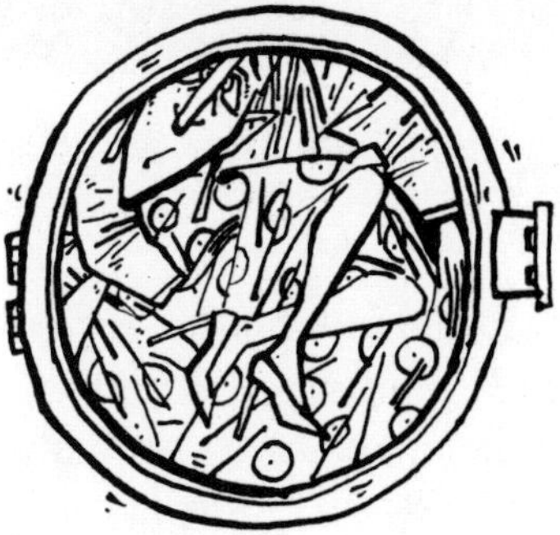

Endlich hörte die Trommel auf, sich zu drehen, und das Wasser lief ab. Mutter schnappte nach Luft. Der Herr öffnete die Tür und fragte: „Müssen Sie auch geschleudert werden?"
„Nein!" kreischte Mutter. „Ich will da raus!" Sie stieg hastig aus der Maschine und lehnte sich dagegen, schwindelig und tropfend. „Mir ist schon ganz schlecht", japste sie. „Bin ich wenigstens geschrumpft?" fragte sie hoffnungsvoll.
„Ich weiß nicht. Es kann sein, daß Sie ein bißchen kleiner geworden sind, aber durch den Abfluß werden Sie nicht passen. Dafür sind Sie unglaublich sauber und überhaupt nicht zerknittert!"

neun

Als Mutter nach Hause kam, ging sie sofort ins Badezimmer, um in den Abfluß zu rufen. Noch immer keine Antwort. Sie hörte nur die Wassertropfen, die von ihren Haarspitzen nach unten fielen. Mutter zitterte, denn das warme Wasser aus der Waschmaschine war in der Luft draußen abgekühlt. Hastig zog sie sich aus, trocknete sich ab und warf ein anderes Kleid über.

Danach ging sie in die Küche, um ein Butterbrot zu essen. Während sie eine neue Flasche Limonade öffnete, grübelte sie unablässig. Wie konnte sie bloß schrumpfen? Vielleicht hatte es etwas mit Feuchtigkeit zu tun – immerhin war Lisa vom Badewasser geschrumpft. Sie beschloß, Flüssigkeiten in die Wanne zu gießen und darin zu baden. Das hatte sie übrigens auch noch nie getan – baden in etwas anderem als Wasser.
Erst kochte Mutter zehn Kannen Tee, der ihr sowieso nicht schmeckte, und goß sie in die Badewanne. Dann griff sie nach einem Tablett und nahm ungefähr zehn Flaschen aus der Küche mit nach oben: Ketchup und Sojasauce, Sonnenblumenöl und Olivenöl, Haushaltsessig und Estragonessig, Spiritus und Spülmittel, Milch, Buttermilch, Vanillepudding, einen kleinen Becher Schlagsahne und ein Glas Limonade gegen den Durst.
Mutter setzte sich in die Wanne. Ihr Kleid behielt sie an, denn auch das hatte sie noch nie getan.
Erst probierte sie, ob der Tee allein schon ausreichte, sie zum Schrumpfen zu bringen. Dann goß sie eine Flasche nach der anderen ins Wasser. Sie klebte vom Öl und zog ein saures Gesicht vom Essig. Schnell nahm sie ein paar Schlucke aus ihrem Limonadenglas, das auf dem Rand stand, um den sauren Geschmack in ihrem

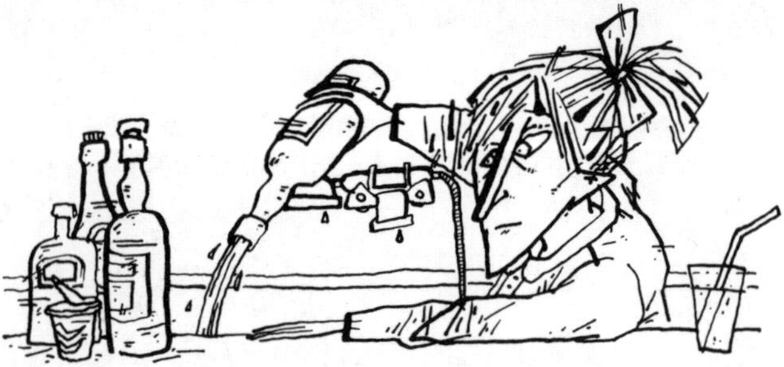

Mund zu vertreiben. Sie fragte sich, ob sie wohl schon geschrumpft sei, aber sie konnte genausogut über den Badewannenrand gucken wie sonst auch. Sie wollte aus der Wanne steigen und stieß aus Versehen ihr Limonadenglas um.

„Oh, so eine Sünde! Meine herrliche Limonade!“ rief sie aus. Das Glas sank auf den Boden der Wanne. Der Strohhalm trieb auf dem Wasser. Da merkte sie auf einmal, daß ihr Kleid zu groß war. Es hing wie ein Laken über ihren Schultern. Sie fühlte nichts, aber das Badewasser erschien ihr doppelt so tief.

Sie dachte: Sollte ich wohl doch geschrumpft sein? Das muß dann durch die Limonade kommen.

Eilig kletterte Mutter aus der Wanne. Beinahe schaffte sie es nicht mehr, über den Rand zu kommen, so klein war sie geworden, aber noch zu groß für den Abfluß. Ihr Kleid schleifte wie

der Schleier eines Brautkleides hinter ihr her, während sie die Treppe hinunterkletterte und in der Küche die Kühlschranktür aufriß. Da standen eine Flasche Orangensprudel und eine Flasche Cola, mehrere Flaschen Johannisbeersaft, Limonadensirup und eine Flasche Apfelsprudel. Mutter betrachtete die Ansammlung nachdenklich. Ob sie wirklich alles in die Badewanne gießen mußte? So eine Sünde! Viel lieber trank sie die Limonade selbst. Aber, na ja, wenn sie schrumpfen wollte, um Lisa zu folgen, dann führte wohl kein Weg daran vorbei. Betrübt, aber fest entschlossen, schleppte sie eine Flasche nach der anderen nach oben und schüttete sie ins Badewasser, nachdem sie schnell noch ein paar Schlückchen davon getrunken hatte. Zögernd stand Mutter vor der Limonadenwanne, in der das gelbe Entchen dümpelte. Wenn sie gleich schrumpfen würde, so überlegte sie, dann hatte sie keine Kleider, die ihr paßten.

„Ich gehe nicht nackig auf die Reise“, sagte sie laut, „das finde ich nicht passend.“ Darum suchte sie überall nach der Pflasterschachtel, die ins Arzneischränkchen gehörte, aber sie fand sie in dem kleinen Schrank unter dem Waschbecken. Vorsichtig klebte sie zwei Pflaster auf den Rücken des Entchens. Dann zog sie ihr Kleid aus und stieg in das kalte Limonadenbad. Sie verschwand sofort unter der Oberfläche, so schnell schrumpfte sie. Die winzig kleine Mutter tauchte zum Abfluß und zog mit viel Mühe den Stöpsel raus. Gierig saugte das Abflußloch alles auf: Limonade, Tee, Essig und Öl und was Mutter sonst noch in die Wanne geschüttet hatte. Wie eine Weltmeisterin

kämpfte sie sich gegen den Strom nach oben und krabbelte keuchend auf den Rücken der Ente. Mutter war nur noch so groß wie ein kleiner Finger und trieb mit der

Ente auf der Brühe. Dabei wickelte sie eines der Pflaster um ihren Körper und klebte es genau nach Maß an. Das Mullstückchen auf der Innenseite des Pflasters war angenehm weich und warm. Sie fand, daß sie ziemlich ulkig aussah in ihrem ganz besonderen Kleid mit den vier runden Löchern! Das andere Pflaster klebte sie sich wie einen Schleier auf den Rücken. Das war für Lisa.
Mutter keuchte immer noch von der Anstrengung, während sie auf dem Entenrücken abwartete, bis auch der letzte Rest Limonade mit einem schlürfenden Geräusch im Abfluß verschwand und die Ente auf dem Trockenen lag. Dann ließ Mutter sich auf den Wannenboden gleiten und sprang mit geschlossenen Augen und ohne weiter darüber nachzudenken in die Tiefe.

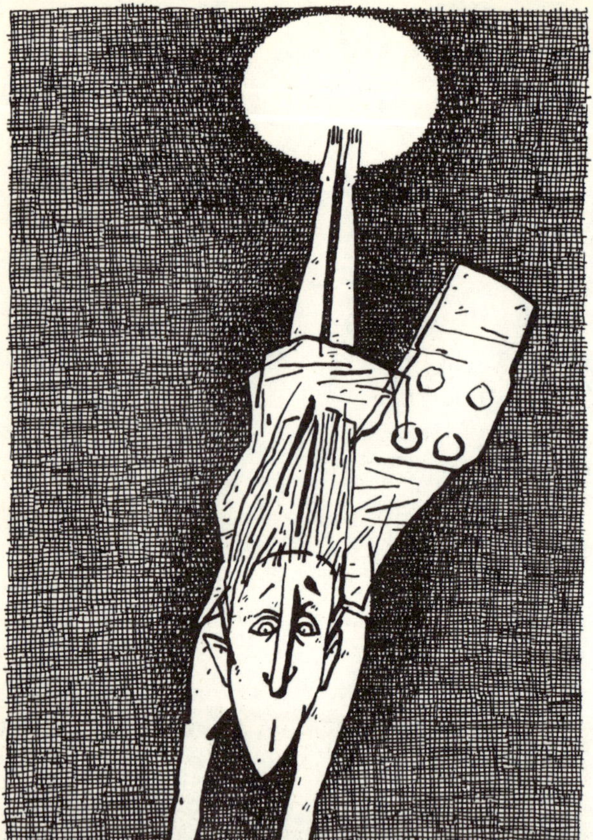

zehn

Es war schwarz im Abflußrohr. Mutter landete auf einem kleinen Vorsprung und sah über sich, als Vollmond bei Nacht, das Loch, durch das sie gerade gesprungen war.
Eigentlich hatte sie im Dunkeln Angst, aber sie konnte nicht mehr zurück. Also vergaß sie einfach ihre Angst und rutschte von dem Vorsprung herunter. Das Rohr war schmierig. Tiefer und tiefer glitt sie durch die Windungen nach unten. Auf einmal klatschte Schmutzwasser aus den Seitenarmen. Erschreckt hielt Mutter den Atem an und ließ sich von dem Strom mitreißen, der schließlich in den Kanal niederprasselte. Mutter

fiel nun nicht mehr, sondern lag zappelnd im Abwasser, in dem Toilettenpapier und ein einzelner Kötel trieben. Sie hielt sich an dem Verschluß einer Zahnpastatube fest und kletterte hinein (da kannst du mal sehen: Selbst, was im Abfluß landet, kann manchmal noch nützlich sein).

Die Strömung im Kanal war stark, und das Rauschen schallte ganz unheimlich von den Wänden zurück. Es stank fürchterlich, aber zu ihrer Überraschung gewöhnte Mutter sich daran. Eine neue wilde Woge rollte aus einem der Rohre heran und ließ Mutters Schiffchen kentern. Sie purzelte ins Wasser. Zitternd vor Schreck und Kälte trieb sie durch den dunklen Gang.

Im spärlichen Licht sah Mutter ein Seil hängen. Gerade noch rechtzeitig griff sie danach. Geschafft. Sie klammerte sich daran fest und zog sich langsam aus dem Wasser. Auf einmal hörte sie eine Stimme.

„Mama!“

„Lisa!“ rief Mutter, als sie die Stimme ihrer Tochter erkannte. Sie schaute hoch und sah Lisas Gesicht über dem Rand, von dem das Seil herabhing. „Da bist du ja, Schatz“, keuchte sie.

Das Wasser zerrte an ihren Beinen, doch sie ließ nicht los. Erst recht nicht, nachdem sie Lisa ge-

funden hatte! Plötzlich kam Bewegung ins Seil, und Mutter wurde über den Rand gezogen.
Als sie oben war, blickte sie geradewegs in ein glitzerndes Auge. Sie wurde ein wenig ängstlich und befühlte das Seil in ihren Händen.
„Wie hast du mich eigentlich hochziehen können?“ fragte sie Lisa. „Und was ist das überhaupt, was ich da in den Händen halte?“
„Das ist ein Schwanz“, erklärte Lisa fröhlich.
„Ein Schwanz? Du meinst, von einem Tier? Hat ein Tier mich aus dem Wasser gezogen?“ fragte Mutter. „Welches Tier denn?“
„Nun“, antwortete Lisa, „eine Ratte natürlich.“
„Igittigitt!“ rief Mutter aus und ließ den Schwanz los.
„Pardon?“ Die Ratte gab sich empört.

elf

„Nehmen Sie es mir nicht übel“, entschuldigte sich Mutter, „aber Ratten sind ekelhaft und vor allem solche großen wie Sie.“
„Ratte ist überhaupt nicht ekelhaft“, befand Lisa, „sondern sehr nett. Aber Mama, wie kommt’s, daß du so klein bist?“
„Ich habe mich in ein Limonadenbad gesetzt. Ich bin nämlich allergisch gegen Limonade. Verrückt, was? Wenn ich sie normal trinke, passiert gar nichts, aber wehe, wenn ich mich reinsetze.“
Bei dem Gedanken an Limonade bekam Mutter schon wieder Durst.
„Ich werde euch erst mal bekannt machen“, sagte Lisa. „Ratte, dies ist meine Mutter. Mama, dies ist Ratte.“
„Angenehm, Frau Mutter“, sagte Ratte höflich.
„Sagen Sie ruhig Tante, Herr Ratte.“
Mutter wrang soviel Wasser wie möglich aus ihrem Pflaster und gab Lisa das andere.
„Übrigens“, sagte Mutter, „nichts für ungut, aber Ratten können nicht sprechen. Davon habe ich wirklich noch nie gehört.“

Ratte ließ nun auch sein anderes Auge sehen und sagte bissig: „Ich für meinen Teil habe noch nie von Menschen gehört, die schrumpfen. Und doch stehen Sie hier."
„Das ist auch wieder wahr", mußte Mutter zugeben. Sie schaute sich um. „Wo sind wir hier überhaupt?"
„Sie befinden sich zur Zeit in einem Kanalrohr, das nie benutzt wird. Hier kommt schon seit Monaten kein Wasser mehr raus. Darum sitzen wir hier sicher. Selbst für mich ist die Strömung viel zu stark", erklärte Ratte.
„Warum strömt denn das Wasser so schnell?" fragte Lisa.
„Das liegt an dem Klärwerk. Da wird das Wasser gereinigt, glaube ich."
„Ich finde es hier unheimlich", stellte Mutter fest. „Man kann fast nicht die Hand vor Augen sehen." Sie setzte sich vorsichtig auf den Rand.

„Damit habe ich kein Problem, Frau Tante“, sagte Ratte. „Meine Augen sind an die Dunkelheit gewöhnt.“
Mutter riß die Augen auf, um so viel wie möglich sehen zu können. Allmählich entdeckte sie immer mehr in der schwarzen Brühe. Sie stieß Lisa an und zeigte erstaunt auf die Sachen, die in dem Strom mitgeführt wurden. Sie sah eine verbeulte Blechdose, abgeknabberte Äpfel und lange Streifen farbigen Toilettenpapiers; eine Banane, die sogar noch ihre Schale hatte, einen Plüschteddy ohne Ohren und einen kleinen Rest Makkaroni, den jemand durch die Toilette gespült hatte. Sie sah Kilo um Kilo Rosenkohl, Endiviensalat und Chicorée. Alles auf dem Weg ins Klärwerk.
„Was für ein Dreck“, sagte Mutter mißbilligend. „Und hier wohnen Sie, Herr Ratte?“

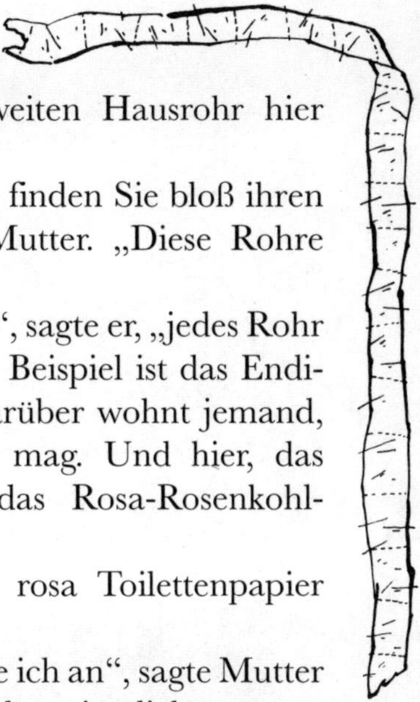

„Nein, ich wohne im zweiten Hausrohr hier oben."
„Ach, du meine Güte, wie finden Sie bloß ihren Nachhauseweg?" fragte Mutter. „Diese Rohre sehen alle gleich aus."
„Sie irren sich, Frau Tante", sagte er, „jedes Rohr ist anders. Hier links zum Beispiel ist das Endivienrohr. In dem Haus darüber wohnt jemand, der keinen Endiviensalat mag. Und hier, das dritte Rohr rechts, ist das Rosa-Rosenkohl-Rohr."
„Da kommt jede Menge rosa Toilettenpapier raus", rief Lisa.
„Ja, und Rosenkohl, nehme ich an", sagte Mutter kurz angebunden. Sie fand es ziemlich unappetitlich, über Toilettenpapier zu reden.
„Wir haben auch rosa Papier. Wir haben nämlich rosa Fliesen im WC", erzählte Lisa.
Mutter errötete.
„Ja, aber das ist bestimmt nicht unser Rosenkohl", sagte sie hastig. „Wir essen mindestens einmal pro Woche Rosenkohl, aber den essen wir schön brav auf. Wir lieben Rosenkohl nämlich, nicht wahr, Lisa?"
„Och", sagte Lisa. Sie wurde rot bis über beide Ohren, aber das sah Mutter nicht.

zwölf

„Wir sitzen hier ja nicht schlecht“, sagte Mutter, „aber wird es nicht allmählich Zeit, daß wir wieder nach oben kommen? Wir können schließlich nicht unser ganzes Leben in diesem Stinkhaufen hocken. Wir sind keine Ratten, wir sind Menschen.“

Ratte war beleidigt. „Frau Tante, das ist Ihr eigener Dreck. Der gehört genauso zu Ihnen wie Ihre Sauberkeit. Oder muß ich noch deutlicher werden?"

„Sie haben recht, Herr Ratte. Ich meine es ja auch nicht so. Nehmen Sie meine Entschuldigung an? Ich wollte bloß sagen, daß wir Menschen uns nicht so gerne in unserem eigenen Abfall aufhalten. Wir möchten gerne, daß alles schön aufgeräumt ist."

„Nein, das willst *du*", sagte Lisa. „Wenn es nach dir geht, dann muß immer alles aufgeräumt sein, und später weißt du dann nicht mehr, wo du es hingelegt hast."

„Ja, aber du schmeißt einfach alles unter dein Bett. Das finde ich widerlich", sagte Mutter.

„Das ist überhaupt nicht widerlich", rief Lisa, „das ist praktisch. So paßt nämlich kein schreckliches Monster unter mein Bett. Jetzt allerdings wohl, weil ich aufräumen mußte. Wenn ich gleich nach Hause komme, werden mindestens hundert Monster unter meinem Bett liegen! Und das ist deine Schuld." Sie schaute ihre Mutter böse an.

„Ach, Kind. Fahr doch lieber ab und zu Fahrrad. Monster gibt es nicht", sagte Mutter.

„Doch! Und darum muß der ganze Kram unters Bett. Und übrigens – wenn du dann etwas vermißt, dann weißt du immer, wo du suchen mußt."

„Ihre Tochter hat recht, Frau Tante“, stimmte Ratte Lisa zu.
„Sie hat ganz und gar nicht recht“, brummte Mutter. „Na ja, vielleicht hat sie ein bißchen recht. Was man aufheben will, dafür muß man einen Platz haben, aber Abfall muß man wegwerfen. Eine Kartoffelschale legt man nicht ins Körbchen zurück, und man bewahrt auch keine Brotkrümel auf. Die gehören allesamt in die Abfalltüte. Dazu ist die da. Eigentlich ist der Kanal auch ein großer Sammelplatz für Abfall.“
„Zum Glück“, sagte Ratte. „Wie sollte ich sonst an meine leckeren Häppchen kommen?“
Mutters Gesicht erhellte sich. „Ich habe eine gute Idee. Denn in *einer* Sache hat Lisa recht: Ich verliere immer alles. Ich brauche ungefähr den ganzen Nachmittag, um zu suchen, was ich morgens aufgeräumt habe. Wenn wir jemals wieder nach Hause kommen, dann werfen wir alles, was wir nicht verlieren wollen, ins Gästezimmer. Es übernachtet doch sowieso kaum mal jemand bei uns.“
„Juchhu, endlich!“ sagte Lisa. „Dann kannst du dir wunderbar den ganzen Nachmittag frei nehmen, Mama.“
„Das wäre herrlich“, seufzte Mutter.

dreizehn

Plötzlich wurden die drei durch ein ohrenbetäubendes Zischen aufgeschreckt. Lisa fiel beinahe vom Rand herunter, aber ihre Mutter konnte sie gerade noch festhalten.

„Was ist los?“ fragte sie ängstlich, während das Zischen in ein Grollen überging.

„Keine Angst“, beruhigte Ratte sie. „Das ist Gas.“

„Ach du lieber Himmel“, rief Mutter aus, „wir werden explodieren. Dann sind wir tot, bevor wir das Gästezimmer einrichten können!“

„Nein, nein“, sagte Ratte, „es ist nicht diese Sorte Gas, sondern Gas, das durch das Wasser selbst entsteht. Oder besser gesagt, durch das, was da alles rumschwimmt. Darum wohne ich auch

nicht hier. Hier ist viel zu wenig frische Luft zum Atmen."
„Oje", sagte Lisa, „dann ersticken wir am Ende noch!"
„Bah, pfui Teufel, das will ich aber nicht", rief Mutter. „Wir sollten machen, daß wir wegkommen."
Genau in diesem Moment begann das Wasser, heftiger zu fließen und anzusteigen. Es zermalmte alles, was darin trieb, und zerrte Lisa und Mutter beinahe vom Rand herunter.
Ratte sah das und beförderte die beiden mit dem Schwanz auf seinen Rücken. Er konnte schon das Wasser an seinen Pfoten spüren und rannte in das Abflußrohr, das nie gebraucht wurde. Mutter und Lisa klammerten sich an seinen Ohren fest, um nicht herunterzufallen. So schnell Ratte konnte, kletterte er durch das Rohr nach oben, rannte um Kurven und verschanzte sich in einem Sackgassenrohr. „Ha, wir haben es geschafft", sagte er keuchend und ließ Lisa und ihre Mutter absteigen. In der Ferne hörten sie leises Grollen. „Ist mit Ihnen alles in Ordnung?"
Lisa und ihre Mutter nickten, denn vor Schreck konnten sie kein Wort herausbringen. Sie waren ganz weiß um die Nase herum.
„Das war das Klärwerk", erklärte Ratte. „Das preßt das Wasser durch den Kanal."

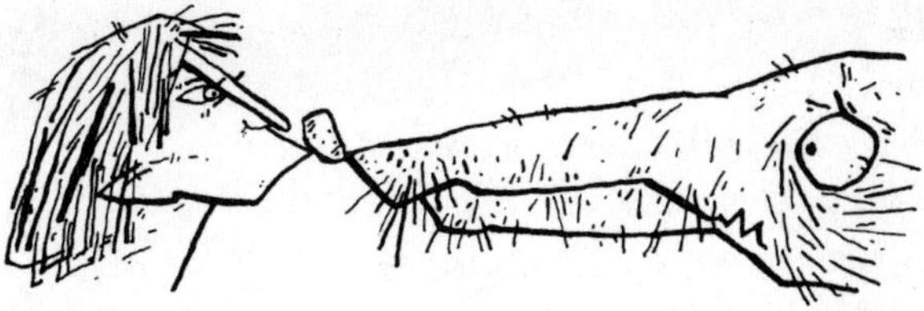

„Du bist ganz schön schlau – was du alles weißt", sagte Lisa voller Bewunderung, als sie sich von dem Schreck erholt hatte.
„Du hast uns gerettet. Wir wären fast gleichzeitig erstickt und ertrunken."
„Ach", sagte Ratte bescheiden.
Mutter gab ihm spontan einen Kuß. Er guckte ein bißchen angewidert, denn er wollte eigentlich überhaupt nicht von einem Menschen geküßt werden.
Dann schauten Mutter und Lisa sich um. Sie standen in einem Rohr, das gebrochen war. Durch einen großen Spalt war Sand nach innen gerutscht und versperrte den Durchgang.
„Wir können hier nicht weiter", rief Lisa, während sie mit den Händen herumtastete. „Wie kommen wir nun nach Hause? Wir wohnen in der Rembrandtstraße Nummer 11."
„Ist das ein leckeres Gemüse?" fragte Ratte.
„Aber nein, das ist kein Gemüse", antwortete Mutter. „Das ist ein berühmter Maler, aber nicht für Ratten."

„Ach, du weißt natürlich nicht, wo die Rembrandtstraße ist“, sagte Lisa.
Sie schielte schnell nach ihrer Mutter. „Das ist genau über dem Rosa-Rosenkohl-Rohr.“
Mutter schaute Lisa böse an.
Lisa schaute böse zurück. So, dachte sie, dann weißt du jetzt auch, daß ich nichts von Rosenkohl halte.
„Ich denke“, sagte Mutter streng, „daß ich dich in Zukunft beim Essen an den Tisch binden werde.“

vierzehn

„Sie brauchen sich keine Sorgen zu machen, meine Damen", sagte Ratte. „Merken Sie nicht, daß die Luft schon viel frischer ist?"

Mutter und Lisa schnupperten andächtig.

„Ja", riefen sie, „wie ist das möglich?"

„Es ist hier ziemlich dunkel, und deshalb sieht man es nicht gut, aber durch den Spalt im Rohr kommt man nach draußen. Es gibt einen Gang, den ich selbst gegraben habe. Es ist ein langer Gang, aber ich bringe Sie schnell hin."

„Oh, vielen Dank, Herr Ratte", sagte Mutter froh. „Wie herrlich, daß Sie uns hinbringen wollen, denn wir sind ja jetzt so klein, daß wir viel weiter laufen müssen."

„Das stimmt aber nicht, Mama", fand Lisa. „Der Gang bleibt genausolang, aber wir müssen einfach mehr Schritte machen."

„Was bist du doch für ein Pingelchen", gab Mutter knurrig zurück. „Und ein Besserwisser bist du auch. Ich glaube, ich werfe dich gleich mit ins Gästezimmer!"
Darüber mußten alle drei lachen. Danach kletterten Lisa und ihre Mutter wieder auf Rattes Rücken. In weiter Ferne sahen sie ein stecknadelkopfgroßes Licht. Es wurde immer größer und größer. Sie blinzelten, denn das Licht tat ihren Augen fast weh. Ratte wurde langsamer. Auch seine Stimme wurde leiser. „Wir sind beinahe in der Menschenwelt", flüsterte er. Lisa und ihre Mutter konnten fühlen, wie Ratte bebte.
„Hast du Angst vor Menschen?" fragte Lisa.
„Ja klar", flüsterte Ratte. „Vor euch natürlich nicht. Ihr seid ja klein. Die anderen Menschen, die schlagen mit ihren Stöcken und streuen Gift aus. Ich gehe auch nicht weiter als bis hier."
Er ließ die beiden Damen absteigen.
„Ich muß gehen."
„Wie schade", sagte Lisa. „Sehen wir dich wieder?"
„Du weißt, wo ich wohne", sagte Ratte.
Mutter zögerte, sagte dann aber entschlossen: „Ich würde mich sehr freuen, wenn Sie uns besuchen kämen, Herr Ratte. Sie haben eine so feine Art, daß Sie in unserem Haus immer willkommen sind."

Daraufhin machte Ratte kehrt, schwenkte seinen Schwanz zum Gruß und flitzte durch den dunklen Gang in den Kanal hinein. Mutter und Lisa winkten, bis sie ihn nicht mehr sehen konnten. Sie krochen aus dem Loch und stellten fest, daß sie im Garten von Haus Nummer 17 standen. Hier hatte es vor einigen Monaten gebrannt, deshalb wohnte da niemand mehr.

Mutter und Lisa atmeten erleichtert auf.

Sie waren fast zu Hause.

fünfzehn

Jetzt, nachdem sie an der frischen Luft waren, rochen sie erst, wie sehr sie stanken. Es hatte geregnet, und im Deckel eines liegengebliebenen leeren Marmeladenglases stand gerade genug Wasser, um ein Bad darin zu nehmen.

„Ich hätte große Lust auf ein Glas Limonade“, sagte Mutter, während sie im Wasser planschte. Sie sang leise, denn sie war froh, bald wieder zu Hause zu sein.

Als sie nicht mehr nach Kanal rochen, krochen die beiden nackten Damen unter der Hecke durch.

Im Garten ihrer übernächsten Nachbarn war niemand. Es dauerte gut fünf Minuten, bevor sie

die Hecke gegenüber erreicht hatten, obwohl der Garten nur vier Meter breit war.
Sie schielten in den Garten der Nachbarn. Frau Wolters hatte gerade Wäsche aufgehängt und ging durch die Küchentür ins Haus. Lisa und ihre Mutter wagten die Überquerung. Zum Glück war der Kater der Nachbarn nicht draußen. Er saß am Fenster und starrte zu ihnen hinüber, als ob sie leckere Mäuschen wären. Endlich standen Mutter und Lisa in ihrem eigenen Garten. Der Spalt zwischen Tür und Schwelle war gerade groß genug für sie, und die beiden krochen ins Haus.

Da geschah es.
„Mama! Du wirst kleiner!“ rief Lisa.
Mutter schaute an sich runter, aber sie spürte nichts. Sie sah Lisa an. Die wuchs und wuchs, bis sie wieder ein normal großes Kind war. Mutter tanzte auf dem großen Zeh ihrer Tochter.
„Schatz! Du bist nicht mehr geschrumpft! Du bist trocken geworden.“
Lisa bückte sich und hob ihre Mutter hoch. „Mama, was bist du klein!“ rief sie.
„Ja, aber trompete mir bitte nicht so ins Ohr. Ich bin zwar klein, aber ganz und gar nicht taub.“

sechzehn

Nachdem Lisa sich angezogen und ihrer Mutter ein sauberes, trockenes Pflaster gegeben hatte, setzten sie sich ins Wohnzimmer, um auf Vater zu warten. Mutter krabbelte zu Lisa auf den Schoß. Sie sah ziemlich merkwürdig aus. Ihre Haare waren getrocknet und standen strack nach oben, denn sie hatte es nicht geschafft, die klebrige Limonade auszuwaschen.

Da hörten sie die Vordertür aufgehen und zuschlagen. Vater kam ins Zimmer und warf seine Tasche neben den Stuhl.

„Tag, Püppchen", sagte er und ließ sich neben seine Tochter plumpsen.

„Tag, Papa", sagte Lisa.

„Mit mir redest du wohl nicht?" schrie Mutter.

Vater schaute sich verblüfft um.

„Ich bin hier, auf dem Schoß deiner Tochter", rief Mutter.

Vater schaute. „Mädchen, du hast ja eine Sturmfrisur!“ sagte er.
„Kümmere dich um deine eigene Läuserübe. Küßt du mich etwa nicht? Das tust du doch immer, wenn du nach Hause kommst.“
Vater beugte sich vor und gab dem winzigen Mütterchen vorsichtig einen Kuß. Er fragte: „Wieso bist du so klein, Schatz?“
Lisa und Mutter erzählten ihm alles, was passiert war. Vater staunte mit offenem Mund.

„Macht es dir nichts aus, daß ich jetzt so klein bin?" fragte Mutter leise.
„Doch", antwortete Vater, „denn ich habe großen Hunger, und kleine Frauchen können keine großen Pfannkuchen backen."
„Back sie dir doch selbst", rief Mutter, „und wenn du das nicht tust, dann werfen Lisa und ich dich ins Gästezimmer!"
Sie mußten lachen, denn sie wußten ja, was das bedeutete. Vater nicht. Der ging achselzuckend in die Küche.
„Bring mir aber erst ein Glas Limonade", rief Mutter ihm hinterher, „denn vom Erzählen habe ich ganz fürchterlichen Durst bekommen."
„Es ist keine Limonade im Haus", hörten sie Vater aus der Küche rufen.
„Stimmt ja", sagte Mutter, „ich habe die ganze Limonade ins Badewasser geschüttet. Die einzige Limonade, die noch übrig ist, klebt in meinen Haaren."

siebzehn

Lisa und ihr Vater saßen ordentlich auf einem Stuhl und hatten Pfannkuchen vor sich stehen. Zum ersten Mal in ihrem Leben durfte Mutter mitten auf einem Teller mit Essen sitzen. Sie naschte vom knusprigen Rand eines Pfannkuchens, denn mehr schaffte sie nicht.
Zu dritt beratschlagten sie, wie man aus einer kleinen Mutter wieder eine große Mutter machen könnte. Sie grübelten und dachten heftig nach.

Vater sagte: „Limonade ist süß. Vielleicht mußt du dich in saures Badewasser setzen. Essig oder so was."
„Nein, denn Essig habe ich in das Badewasser geschüttet, in dem ich geschrumpft bin."
„Nun, nichts Saures dann, sondern Salziges. Limonade ist Wasser mit Zucker. Vielleicht mußt du dann in ein Bad aus Wasser mit Salz", schlug Vater vor.
„Das scheint mir eine gute Idee", meinte Mutter. Lisa und Vater wollten es sofort ausprobieren, aber Mutter verlangte, sie sollten erst den Tisch abräumen und das Geschirr abwaschen. Für den Fall nämlich, daß Vaters Idee funktionieren sollte, wäre immerhin der Abwasch schon erledigt.
Als alles fein aufgeräumt war, trug Vater Mutter nach oben. Lisa folgte ihnen mit zwei Päckchen Salz und streute sie in die Wanne. Nachdem das Wasser eingelaufen war, setzte Vater Mutter ins Badewasser.
„Hilfe!" rief Mutter, „es brennt! Vor allem in meinen Augen."
„Halte durch!" sagte Lisa.
Sie mußten noch einen Moment warten, aber dann geschah es. Das Salz löste alle Limonadenreste auf, und Mutter wuchs wieder. Mit warmem Wasser spülte sie sich restlos sauber. Schnell stieg sie aus der Wanne und schlüpfte in einen

Bademantel. Dann gab sie Vater zum Dank einen Kuß.
„Du bist doch nicht so dumm, wie ich dachte“, sagte sie anerkennend. Sie schaute in den Spiegel und schrie erschrocken auf. Ihre Haare standen in alle Richtungen und fühlten sich hart an. Sie griff nach einem Kamm und begann wütend, ihre Frisur in Form zu bringen. Aber die Haare brachen ab wie Streichhölzer.
Mutter schaute Vater traurig an und fragte: „Liebling, würdest du bitte den Rest noch abschneiden?“ Vater versuchte zu retten, was zu retten war.

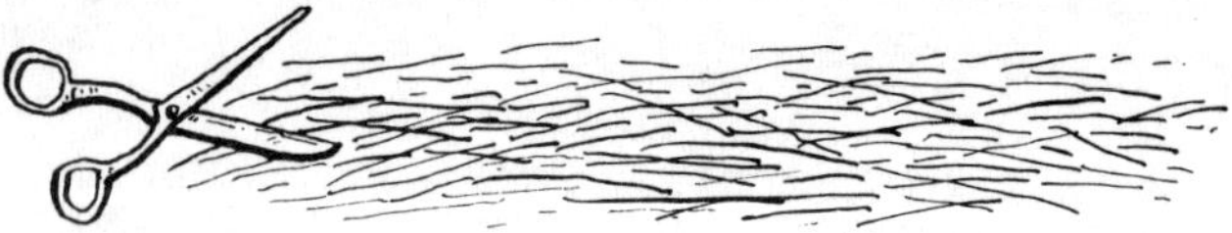

„Findest du es nicht schlimm, eine fast kahle Mutter zu haben?“ fragte sie, als sie Lisa ins Bett gebracht hatte.
Die dachte einen Moment nach. „Eine Mutter mit langen Haaren ist zwar schöner, aber du mußt trotzdem nicht ins Gästezimmer“, sagte sie und schlief ein.
Mutter verließ leise das Zimmer und ging nach unten. Sie schob sich neben Vater auf das Sofa.
„Liebst du mich denn noch, obwohl ich fast kahl bin?“ fragte sie.
„Nur, wenn ich mindestens einmal am Tag über deinen Kopf streicheln darf, denn das wollte ich immer so gerne und durfte es nie.“
„Ist ja logisch“, sagte Mutter, „dann war auch immer meine Frisur völlig zerstört. Aber da ich jetzt keine Frisur mehr habe, darfst du ruhig über meinen Kopf streicheln.“
Sie beugte ihren Kopf zu ihm herüber.

achtzehn

So erging es Lisa, die im Badewasser schrumpfte; so erging es ihrer Mutter, die allergisch gegen Limonade war. Wenn sie vor die Tür ging, band sie sich ein Kopftuch um, denn sie blieb von nun an so gut wie kahl. Kannst du dir denken, warum?
Hör zu:
Wenn Lisa morgens zur Schule ging, machte Mutter das Haus sauber. Alles, was sie aufräumen wollte, warf sie ins Gästezimmer. Dadurch blieb immer weniger übrig zum Abstauben, und sie verlor nie wieder etwas. Den Rest des Tages nahm sie sich frei. Dann schaute sie sich Geschäfte an und kaufte ab jetzt gewöhnliche graue

Toilettenpapierrollen, denn im Kanal sollte niemand mehr genau wissen, welches Papier von ihnen war. Manchmal backte sie kleine Kuchen und spülte sie durch die Toilette. Ratte wollte schließlich auch ab und zu was Leckeres! Beinahe jeden Nachmittag nahm sie ein warmes Bad. Manchmal goß sie ein paar Flaschen Limonade in die Wanne und zog den Stöpsel raus, um Ratte zu besuchen. Der war begeistert von ihrem Rattenköpfchen.

Mittwochs und sonntags ging sie nicht allein. Dann kam Lisa mit.

Die Deutsche Bibliothek - CIP-Einheitsaufnahme

Lieshout, Ted van:
Lisa und die Limonadenmutter : Roman / Ted
van Lieshout. Aus dem Niederländ. von Verena Kiefer. -
Dt. Erstausg. - München : tabu-Verl., 1996
(Tabuphil)

ISBN 3-930777-47-9

tabuphil - Deutsche Erstausgabe

Titel der niederländischen Originalausgabe:
Luitje en de limonademoeder
Für die deutschsprachige Ausgabe:

ISBN 3-930777-47-9

Bilderbuch-Klassiker im *tabu verlag*

August Kopisch

Die Heinzelmännchen

Mit Bildern von Rainer Sacher

32 Seiten, durchgehend farbig illustriert,

ISBN 3-930777-17-7

Die Geschichte von den fleißigen Kölner Heinzelmännchen – und warum wir heute selbst arbeiten müssen ...

Ab 4 J.

Tanz, tanz, Gretelein

Lieder, Tänze, Gedichte aus der Kinderstube

Mit Bildern von Reinhard Michl

48 Seiten, durchgehend vierfarbig illustriert,

ISBN 3-930777-25-8

Evergreens aus über hundert Jahren zum Singen, Tanzen und Spielen, von „Hänschen klein“ bis „Es tanzt ein Bi-ba-Butzemann“.

Ab 4 J.

Bilderbuch-Klassiker im *tabu verlag*

Fiedelhänschen

Verse und Sprüche aus der Kinderstube

Mit Bildern von Reinhard Michl

48 Seiten, durchgehend vierfarbig illustriert,

ISBN 3-930777-06-1

Bekannte und beliebte Abzählreime, Krabbelverse und Spielgedichte, von „Das ist der Daumen" bis „Hoppe, hoppe, Reiter" und „Ri-ra-rutsch".

Ab 4 J.

Verrückte Abenteuer mit den
drei Zeitverdrehern im ***tabu verlag***
erzählt von **Jon Scieszka**

Totenkopf ahoi!

Auf Schatzsuche in der Südsee

Leseprobe:

„Wir sind verloren", stöhnte Sam. „Schiffbrüchig. Ausgesetzte. Robinson Crusoes in Zeit und Raum. Wir haben keine Ahnung, wo oder in welcher Zeit wir sind. Aaaaaaaaaaaaah!!!"

„Reiß dich zusammen", sagte Fred. „Ich habe mir einen vergrabenen Schatz gewünscht. Das Buch hat uns hierher geschickt." Fred begann, an seinem Baum herunterzuklettern. „Dazu muß man nicht Einstein sein, um das herauszubekommen. Irgendwo hier in der Nähe gibt es einen vergrabenen Schatz."

„Wir werden sterben", sagte Sam. „Sag nicht, daß ich dich nicht gewarnt habe. Weil, wo's 'nen vergrabenen Schatz gibt, gibt's auch Piraten. Wir sind schon so gut wie tot. Futter für die Haie."

„Na ja, sieh's mal von der positiven Seite", sagte Fred. „Wenn du tot bist, mußt du am Montag nicht in die Schule."

ISBN **3-930777-32-0** (bereits erschienen) ab 8 Jahren

Die Ritter der Küchentischrunde

Im finsteren Mittelalter ohne Dusche und Fernseher

Leseprobe:

„Sir Lanzelot?“ Mir blieb die Luft weg. Dieser Typ war vermutlich der größte Ritter, der jemals gelebt hat. Und hier war er nun und bat uns, ihm zu helfen.
„Also, ich heiße Joe ... äh, Sir Joe der Fabelhafte“, sagte ich, indem ich mir den Künstlernamen von meinem Onkel borgte. „Dies sind meine Gefährten, Sir Fred der Schreckliche und Sir Sam der, hmmm ... Sir Sam der Ungewöhnliche.“
Sam warf mir einen bösen Blick zu.
„Willkommen, Zauberer. Aber wir haben keinen Augenblick zu verlieren“, sagte Lanzelot. „Camelot wird von Westen her von Schmauch dem Drachen belagert und von Osten her von dem Riesen Bleob. Steigt hinter uns auf. Wir reiten sofort los.“
Wir hüpften auf die Pferde hinter Sir Lanzelot, Sir Parzival und Sir Gawain.
„Aber Drachen und Riesen und solche Sachen gibt's doch gar nicht wirklich“, sagte Fred.
„Ich habe auch nicht geglaubt, daß es die Ritter von der Tafelrunde wirklich gegeben hat“, sagte ich. „Aber wenn's sie nicht gibt, hinter wem reiten wir denn jetzt? Und wo reiten wir hin?“

ISBN **3-930777-22-3** (bereits erschienen) ab 8 Jahren

Die Guten, die Bösen und die Doofen

Im Wilden Westen unter Cowboys, Indianern –
und Rindern

Leseprobe:

Wir rannten die Anhöhe hinauf und sahen hinunter. Ein braunes Gewimmel und Gewoge wirbelte die Staubwolke auf, die wir gesehen hatten.
„Das ist 'ne Menge Cowboys", sagte Fred.
„Das sind Kühe", sagte ich.
„Rinder", verbesserte mich Sam.
Das Hufgetrappel und Muhen wurde lauter. Wir konnten so gerade noch ein paar Cowboys sehen, die am Rande der Herde um sie herumritten.
Fred schwenkte seine Mütze und brüllte: „Hier herüber, Leute!"
Das Geräusch wurde lauter. Das dahinstürmende Gewoge von Hörnern und Beinen wurde größer.
„Ich glaube nicht, daß du sie hierher rufen mußt", sagte Sam. „Sie scheinen genau ... äh ... genau auf uns zuzukommen."
Ich fühlte, wie die Erde unter uns zu beben begann.

ISBN **3-930777-42-8** (erscheint 1996) ab 8 Jahren

Meine Mutter war eine Neandertalerin

Gut ausgerüstet in die Steinzeit ...

Leseprobe:

Es war wie nichts auf der Welt, was wir je zuvor gesehen hatten. Fred, Sam und ich standen vor einem Wald seltsamer Bäume und riesiger Farne. Hinter uns erhob sich eine Felsklippe. Vor uns rauchte ein Vulkan.

Aber zuerst bemerkten wir eigentlich nichts davon. Das erste, was wir bemerkten, war, daß wir drei vollständig, unglaublich und absolut nackt dastanden.

„Wir haben alles verloren", brüllte Fred. Er tauchte hinter den nächsten Riesenfarn.

„Das verstehe ich nicht", sagte Sam. „In diesen anderen Zeitreisebüchern passiert das nie."

„Also, warum muß es uns dann passieren?" fragte Fred. „Das ist absolut peinlich."

„Alles haben wir nicht verloren", sagte ich. „Sam hat immer noch seine Brille. Du hast deine Mütze. Und ich habe meinen Strohhalm."

ISBN **3-930777-62-2** (erscheint 1996) ab 8 Jahren

Andy steht still,
die Bäume und die Zelte
stehen still,
denn der Morgen ist noch
gar nicht richtig wach.
Dehnt sich im
ersten weißen Licht, steigt,
und fällt im Widerhall
der Vogelrufe.
Kein Mensch außer Andy
ist unterwegs.

Benno Pludra
Leinen los für Wunderfloh
Sechs Erzählungen
lam. Pappb., 64 Seiten
15,5 x 20,3 cm,
ISBN 3-358-02118-1

Der **Kinderbuch**Verlag

Benno Pludra
Siebenstorch
Roman
120 Seiten,
ISBN 3-930777-02-

Schon das siebente Jahr kommen die Störche zu Maika und ihren Eltern und nisten auf dem Scheunendach. Doch diesmal ist etwas anders: Einer der drei Jungstörche ist nicht weiß, sondern grau-braun, und er will nicht fliegen. Zwischen Maika und Siebenstorch entwickelt sich eine behutsam-liebevolle Freundschaft - doch im Spätsommer heißt es Abschiednehmen. Siebenstorch fliegt in die Freiheit.

Überarbeitete
Neuausgabe
Gunter Preuß
Das Kind aus dem Brunnen
Roman
184 Seiten,
ISBN 3-930777-55-X

Bernhard Teichmann und seine drei älteren Geschwister sind mit der Mutter aus dem bombardierten Leipzig auf den großelterlichen Bauernhof in das abgelegene Dorf Jöseritz geflohen. Packend schildert der Autor eine Kindheit in der ersten Nachkriegszeit, die Ohnmacht und Verzweiflung der Menschen und ihre ungestüme Sehnsucht nach einem neuen, besseren Leben ...

Originalausgabe
Felicitas Andrese
„Kinder sind nicht wasserlös-lich", sagte die Prinzessin
Roman
88 Seiten,
ISBN 3-930777-52-

Wahr sind die Geschichten trotzdem, zum Beispiel: die von dem Geldbrieftäger, der sich in einen Frosch verwandelt, wodurch leider die Sozialhilfe für Michael und seine Mutter nicht pünktlich eintrifft; oder die von Alexandra, die ein paar Wochen eine Baby-Riesenspinne aus einem Horrorfilm versorgen muß, den sie sich heimlich im Fernsehen angesehen hat; oder die vom wilden Christian, der eines Tages eine Brausepulver-Umwelt-Katastrophe verhindert.